U0074207

凱信企管

用對的方法充實自己，
讓人生變得更美好！

凱信企管

用對的方法充實自己，
讓人生變得更美好！

。大家來寫。

韓語40音

習字帖

User's Guide
使用說明

學習韓語 40 音最重要的第一步:「重複書寫」! 寫一手漂亮韓文字,更有效長期記憶。

Step 1 | 掌握韓文發音規則

全書一開始,由 40 音導入,不論是基本母音、子音、清子音、複合母音等等,皆完整收錄。另外,也提供字母正確羅馬拼音方式,跟著本書一起踏上韓文學習之路吧!

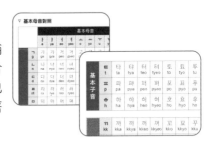

Step 2 | 清楚筆順引導練習

每一字母皆有正確筆順提示,利用字帖書寫,不僅能寫一手漂亮韓文字,還能將字母深印腦海,無形中提高專注力、不易分心,學習更有成效。

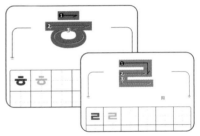

Step 3 | 延伸學習初級單字

學完字母,再利用初級單字反饋學習;同時也附加熟悉生活單字,一舉兩得。

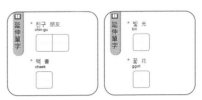

Step 4 | 字母 VS 韓文字位置練習

40 音隨著在韓文字中出現的位置不同,書寫上也有些許的差異性,跟著書寫練習,即能一學就會,也能書寫正確。

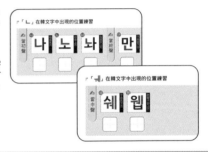

Preface
前言

　　除了因為學業或工作的需要，「為了能夠更接近、理解我喜歡的韓流文化」是許多人學習韓語的初衷，也因此帶動了一股韓語的學習熱潮。像我就常聽到我的學生心得分享：「在學習韓語的過程中，就像為自己打開一扇大門般，不斷衝擊我的世界觀。」「哇……原來當自己能夠聽懂、看懂韓文之後，理解的心情和經過別人翻譯後的感受，是這麼的不一樣啊！」……的確，親自理解的第一手感受，真的要親身經歷後才知道的啊！

　　相較於英文、日語，韓文的 40 音確實在辨識、學習及書寫上看起來困難一些，但其實，只要能夠走穩第一步—40 音的學習，打好基礎，就能朝學習目標一路順暢的繼續前進了。韓文母音分成 10 個基本母音、11 個複合母音；韓文子音則分成 14 個基本子音以及 5 個雙子音，加起來就是韓文 40 音。只要將這 40 個發音字母記熟，就可以開始唸出各式各樣的韓文單字囉！

　　怎麼快速有效地的熟記並學會 40 音呢？

　　書寫 40 音，是最有效的了！尤其是對專注力不高、容易分心的人，可以在一邊書寫的過程中，更專注地把 40 音字母的形態記在腦海裡，是一種從頭到尾很扎實的練習方式。

　　另外，由於 40 音隨著在韓文字中出現的不同位置而在書寫上有些許的差異性，因此特別將這個部分獨立出來讓大家做練習，只需要專心一致的練習一段時間，一定能夠寫得正確、漂亮，同時也能將 40 音長期記憶在腦海裡。相信只要照著本書的節奏一邊學習一邊練習寫，搭配上基礎單字的補充，一定能夠幫助大家順利地扎穩學習的第一步。

Contents
目錄

使用說明｜04
前言｜05

☝ 40 音羅馬拼音一覽表 ⋯⋯⋯⋯⋯⋯⋯⋯⋯⋯⋯ 06

☝ 有趣地韓語 40 音（基礎入門概念）⋯⋯⋯⋯⋯ 12

☝ 1｜基本母音書寫練習 ⋯⋯⋯⋯⋯⋯⋯⋯⋯ 18

☝ 2｜基本子音書寫練習 ⋯⋯⋯⋯⋯⋯⋯⋯⋯ 30

☝ 3｜清子音、雙子音書寫練習 ⋯⋯⋯⋯⋯⋯ 42

☝ 4｜複合母音書寫練習 ⋯⋯⋯⋯⋯⋯⋯⋯⋯ 54

☝ 5｜收尾音書寫練習 ⋯⋯⋯⋯⋯⋯⋯⋯⋯⋯ 68

☝ 40 音字母出現位置書寫練習 ⋯⋯⋯⋯⋯⋯⋯ 77

✍ 40 音羅馬拼音一覽表 ✍

▽ 基本母音對照

		基本母音								
		ㅏ a	ㅑ ya	ㅓ eo	ㅕ yeo	ㅗ o	ㅛ yo	ㅜ u	ㅠ yu	ㅡ eu	ㅣ i
基本子音	ㄱ g	가 ga	갸 gya	거 geo	겨 gyeo	고 go	교 gyo	구 gu	규 gyu	그 geu	기 gi
	ㄴ n	나 na	냐 nya	너 neo	녀 nyeo	노 no	뇨 nyo	누 nu	뉴 nyu	느 neu	니 ni
	ㄷ d	다 da	댜 dya	더 deo	뎌 dyeo	도 do	됴 dyo	두 du	듀 dyu	드 deu	디 di
	ㄹ r/l	라 ra	랴 rya	러 reo	려 ryeo	로 ro	료 ryo	루 ru	류 ryu	르 reu	리 ri
	ㅁ m	마 ma	먀 mya	머 meo	며 myeo	모 mo	묘 myo	무 mu	뮤 myu	므 meu	미 mi
	ㅂ b	바 ba	뱌 bya	버 beo	벼 byeo	보 bo	뵤 byo	부 bu	뷰 byu	브 beu	비 bi
	ㅅ s	사 sa	샤 sya	서 seo	셔 syeo	소 so	쇼 syo	수 su	슈 syu	스 seu	시 si
	ㅇ 不發音	아 a	야 ya	어 eo	여 yeo	오 o	요 yo	우 u	유 yu	으 eu	이 i
	ㅈ j	자 ja	쟈 jya	저 jeo	져 jyeo	조 jo	죠 jyo	주 ju	쥬 jyu	즈 jeu	지 ji
	ㅊ ch	차 cha	챠 chya	처 cheo	쳐 chyeo	초 cho	쵸 chyo	추 chu	츄 chyu	츠 cheu	치 chi
	ㅋ k	카 ka	캬 kya	커 keo	켜 kyeo	코 ko	쿄 kyo	쿠 ku	큐 kyu	크 keu	키 ki

基本子音	ㅌ t	타 ta	탸 tya	터 teo	텨 tyeo	토 to	툐 tyo	투 tu	튜 tyu	트 teu	티 ti
	ㅍ p	파 pa	퍄 pya	퍼 peo	펴 pyeo	포 po	표 pyo	푸 pu	퓨 pyu	프 peu	피 pi
	ㅎ h	하 ha	햐 hya	허 heo	혀 hyeo	호 ho	효 hyo	후 ho	휴 hyu	흐 heu	히 hi

雙子音	ㄲ kk	까 kka	꺄 kkya	꺼 kkeo	껴 kkyeo	꼬 kko	꾜 kkyo	꾸 kku	뀨 kkyu	끄 kkeu	끼 kki
	ㄸ tt	따 tta	땨 ttya	떠 tteo	뗘 ttyeo	또 tto	뚀 ttyo	뚜 ttu	뜌 ttyu	뜨 tteu	띠 tti
	ㅃ pp	빠 ppa	뺘 ppya	뻐 ppeo	뼈 ppyeo	뽀 ppo	뾰 ppyo	뿌 ppu	쀼 ppyu	쁘 ppeu	삐 ppi
	ㅆ ss	싸 ssa	쌰 ssya	써 sseo	쎼 ssyeo	쏘 sso	쑀 ssyo	쑤 ssu	쓔 ssyu	쓰 sseu	씨 ssi
	ㅉ jj	짜 jja	쨔 jjya	쩌 jjeo	쩨 jjyeo	쪼 jjo	쬬 jjyo	쭈 jju	쮸 jjyu	쯔 jjeu	찌 jji

▽ 複合母音對照

	基本母音										
		ㅐ ae	ㅔ e	ㅒ yae	ㅖ ye	ㅘ wa	ㅚ oe	ㅙ wae	ㅞ we	ㅝ wo	ㅟ wi	ㅢ ui
基本子音	ㄱ g	개 gae	게 ge	걔 gyae	계 gye	과 gwa	괴 goe	괘 gwae	궤 gwe	궈 gwo	귀 gwi	긔 gui
	ㄴ n	내 nae	네 ne	냬 nyae	녜 nye	놔 nwa	뇌 noe	놰 nwae	눼 nwe	눠 nwo	뉘 nwi	늬 nui
	ㄷ d	대 dae	데 de	댸 dyae	뎨 dye	돠 dwa	되 doe	돼 dwae	뒈 dwe	둬 dwo	뒤 dwi	듸 dui

ㄹ r/l	래 rae	레 re	럐 ryae	례 rye	롸 rwa	뢰 roe	뢔 rwae	뤠 rwe	뤄 rwo	뤼 rwi	릐 rui
ㅁ m	매 mae	메 me	먜 myae	몌 mye	뫄 mwa	뫼 moe	뫠 mwae	뭬 mwe	뭐 mwo	뮈 mwi	믜 mui
ㅂ b	배 bae	베 be	뱨 byae	볘 bye	봐 bwa	뵈 boe	봬 bwae	붸 bwe	붜 bwo	뷔 bwi	븨 bui
ㅅ s	새 sae	세 se	섀 syae	셰 sye	솨 swa	쇠 soe	쇄 swae	쉐 swe	숴 swo	쉬 swi	싀 sui
ㅇ 不發音	애 ae	에 e	얘 yae	예 ye	와 wa	외 oe	왜 wae	웨 we	워 wo	위 wi	의 ui
ㅈ j	재 jae	제 je	쟤 jyae	졔 jye	좌 jwa	죄 joe	좨 jwae	줴 jwe	줘 jwo	쥐 jwi	즤 jui
ㅊ ch	채 chae	체 che	챼 chyae	쳬 chye	촤 chwa	최 choe	쵀 chwae	췌 chwe	춰 chwo	취 chwi	츼 chui
ㅋ k	캐 kae	케 ke	컈 kyae	켸 kye	콰 kwa	쾨 koe	쾌 kwae	퀘 kwe	쿼 kwo	퀴 kwi	킈 kui
ㅌ t	태 tae	테 te	턔 tyae	톄 tye	톼 twa	퇴 toe	퇘 twae	퉤 twe	퉈 two	튀 twi	틔 tui
ㅍ p	패 pae	페 pe	퍠 pyae	폐 pye	퐈 pwa	푀 poe	퐤 pwae	풰 pwe	풔 pwo	퓌 pwi	픠 pui
ㅎ h	해 hae	헤 he	햬 hyae	혜 hye	화 hwa	회 hoe	홰 hwae	훼 hwe	훠 hwo	휘 hwi	희 hui

（基本子音）

ㄲ kk	깨 kkae	께 kke	꺠 kkyae	꼐 kkye	꽈 kkwa	꾀 kkoe	꽤 kkwae	꿰 kkwe	꿔 kkwo	뀌 kkwi	끠 kkui
ㄸ tt	때 ttae	떼 tte	떄 ttyae	뗴 ttye	똬 ttwa	뙤 ttoe	뙈 ttwae	뛔 ttwe	뚸 ttwo	뛰 ttwi	띄 ttui
ㅃ pp	빼 ppae	뻬 ppe	뺴 ppyae	뼤 ppye	빠 ppwa	뾔 ppoe	뽸 ppwae	쀄 ppwe	뿨 ppwo	쀠 ppwi	쁴 ppui

（雙子音）

雙子音	ㅆ ss	쌔 ssae	쎄 sse	썌 ssyae	쎼 ssye	쏴 sswa	쐬 ssoe	쐐 sswae	쒜 sswe	쒀 sswo	쒸 sswi	씌 ssui
	ㅉ jj	째 jjae	쩨 jje	쨰 jjyae	쪠 jjye	좌 jjwa	죄 jjoe	좨 jjwae	쮀 jjwe	쭤 jjwo	쮜 jjwi	쯰 jjui

✍🏻 韓語字母發音對照表 ✍🏻

▽ 基本母音

ㅏ [a]	ㅓ [eo]	ㅜ [u]	ㅗ [o]	ㅡ [eu]
ㅣ [i]	ㅑ [ya]	ㅕ [yeo]	ㅠ [yu]	ㅛ [yo]

▽ 基本子音

ㅇ 當子音 不發音	ㅁ [m]	ㄴ [n]	ㄱ [g]	ㄷ [d]
ㅂ [b]	ㅅ [s]	ㅈ [j]	ㄹ [r/l]	ㅎ [h]

▽ 清子音、雙子音

ㅊ [ch]	ㅋ [k]	ㅌ [t]	ㅍ [p]	ㄲ [gg]
ㄸ [dd]	ㅃ [bb]	ㅆ [ss]	ㅉ [jj]	

▽ 複合母音

ㅐ [ae]	ㅔ [e]	ㅒ [yae]	ㅖ [ye]	ㅘ [wa]
ㅚ [oe]	ㅙ [wae]	ㅞ [we]	ㅝ [wo]	ㅟ [wi]
ㅢ [ui]				

▽ 收尾音

ㄱ [k]	ㄴ [n]	ㄷ [t]	ㄹ [l]	ㅁ [m]
ㅂ [b]	ㅇ [ng]			

有趣的
韓語 40 音

✍ 有趣的韓語 40 音 ✍

↪ 創造韓語文字的世宗大王

很久以前韓國有語言，但是沒有文字，因而記錄的時候多借用漢字來寫文章。但是韓國語和中國語畢竟是不同語言，無法完整的表達意思，學起來很困難又耗時，單就一般老百姓而言，連接觸的機會都沒有。為了讓文字的書寫全民化，1443 年朝鮮的君王世宗大王與集賢殿學者們創造「한글」（韓文字）。

韓文的子音是依照我們的身體發音時的樣子（如：喉嚨、舌頭、嘴唇、牙齒……等）來創造，而母音是以「天、地、人」的樣子來創造。

↪ 韓語 VS 注音

在韓文裡，字母是最基本的單位，因此形成一個完整的字至少需要一個子音和一個母音。母音本身就有音，可以直接唸出來，但是子音無法直接唸出，須與母音結合才能發出音。

因此，韓文 40 音的字母概念，大致和中文的注音類似，每一個字母就代表一個音，結合起來直接發音就可以囉！而且韓文最大的好處是，它不用再從字母變成一個字，所以韓文相對起來是比較好學習的喔！

例如：

韓文字母結合
ㄱ 發 [g] ＋ ㅏ 發 [a]
＝ 가 發 [ga]

中文注音結合
ㄎ ＋ ㄚ ＝ ㄎㄚ
轉成中文 咖

↳ 韓語 VS 英語

　　韓語有接近十分之一的單字源自於英語，是直接將英語的發音轉成韓語字母拼起來，這些單字多半是韓語本來沒有的，由外國引進後直接取其音成為韓文單字。

　　例如：

中文	英文	韓文	韓語發音
咖啡	coffee	커피	keo-pi
餐廳服務員	waiter	웨이터	we-i-teo

　　有許多韓國團體取英文團名，也會將其改成韓文字。大家學會 40 音以後，可以挑戰拼出眾家韓團的韓語團名喔！

　　例如：

Wonder Girls ➔ 원더걸스 ｜ SHINee ➔ 샤이니 ｜ Davichi ➔ 다비치

　　大家有沒有發現，韓文字所拼出來的發音與英語的不盡相同呢？！這是因為英語有部分的發音，對應韓文只有一種類似音。韓語裡沒有咬嘴唇的 v 和 f 音，或是捲舌的 r 音，因此都以一個音來標記。

　　一起來練習用韓文字寫出英語的發音！

b / v ➔ ㅂ Boy：보이　　　　　Victory：빅토리

p / f ➔ ㅍ Pin：핀　　　　　Fashion：패션

l / r ➔ ㄹ Lemon：레몬　　　　Red：레드

　　另外，韓文裡沒有英語中的 z 和 th 的發音。因此要標記這些英文字的話，會用最接近的韓文字母來寫。英文字 z 的發音會被 ㅈ 取代，而英文字 th 的發音是通常會被 ㅆ，ㄸ 取代。

　　例如：

z ➔ ㅈ Zoo：주　　　　　Zebra：지브라

th ➔ ㅆ，ㄸ Think：씽크　　　　Thank you：땡큐

🤜 有趣的韓文字體結構！🤛

世界大部分的語言（英語、法語、西語……）都是拼字而成的，只要知道字母的音，一個一個拼起來就成了一個字。例如：英語的 cat，是由 c, a, t 三個字母一個接一個而成！但是，韓語的字母結合方式卻很特別，也因此讓許多韓語初學者一個頭兩個大。

在介紹字體結構前，要先教大家一個小知識，韓文最先出現的子音，稱做「初聲」，意即「最初的聲符」；母音則為「中聲」，是「中間的聲符」；而最後的子音則稱為「終聲」，也就是常說的「收尾音」。

基本上來說，韓文字母的結合方式如下，根據配合的母音不一樣，子音在字體中所處的位置也不一樣，你只要記得**寫字母跟發音的順序**都是**從左到右、從上到下**！

① 子音（初聲）＋ 母音（中聲）

↗ **垂直母音**

發音 l + a = la

↗ **水平母音**

發音 m + o = mo

↗ **複合母音**

發音 g + wi = gwi

② 子音（初聲）＋ 母音（中聲）＋ 子音（終聲）

↗ 垂直母音

發音 **m** + **a** + **n** = **man**

↗ 水平母音

發音 **b** + **o** + **n** = **bon**

↗ 複合母音

發音 **g** + **wo** + **n** = **gwon**

補充

另外有一結合方式比較少見：

→ **子音（初聲）＋ 母音（中聲）＋ 子音（終聲）＋ 子音（終聲）**

兩個子音當尾音就是雙韻尾音，例如 「없어요.」的 「없」，在於雙韻尾音的兩個子音，都會平均分一半，所以不特別以結構介紹。其尾音發音方式，有的只會唸左邊的子音，有的會唸右邊的子音！

▶ 唸左邊子音：ㄶ ㄵ ㄼ ㄾ ㄳ ㅀ ㅄ ㄳ

▶ 唸右邊子音：ㄺ ㄻ ㄿ

基本母音表

ㅏ	ㅓ	ㅜ	ㅗ	ㅡ
[a]	[eo]	[u]	[o]	[eu]
ㅣ	ㅑ	ㅕ	ㅠ	ㅛ
[i]	[ya]	[yeo]	[yu]	[yo]

1 基本母音

― 書寫練習 ―

延伸單字練習

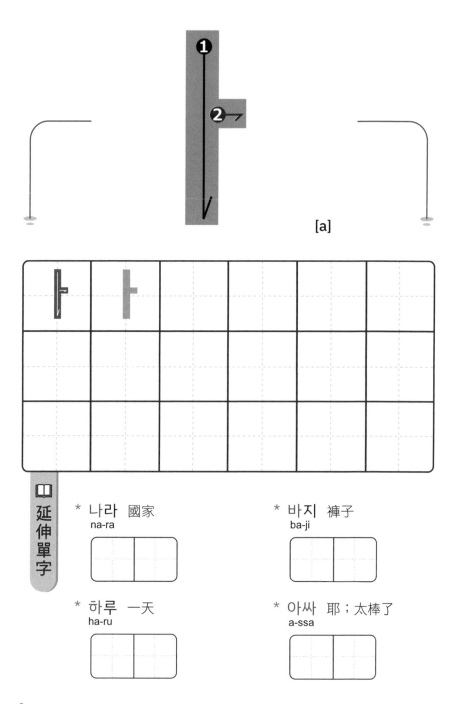

[a]

* 나라 國家
na-ra

* 바지 褲子
ba-ji

* 하루 一天
ha-ru

* 아싸 耶；太棒了
a-ssa

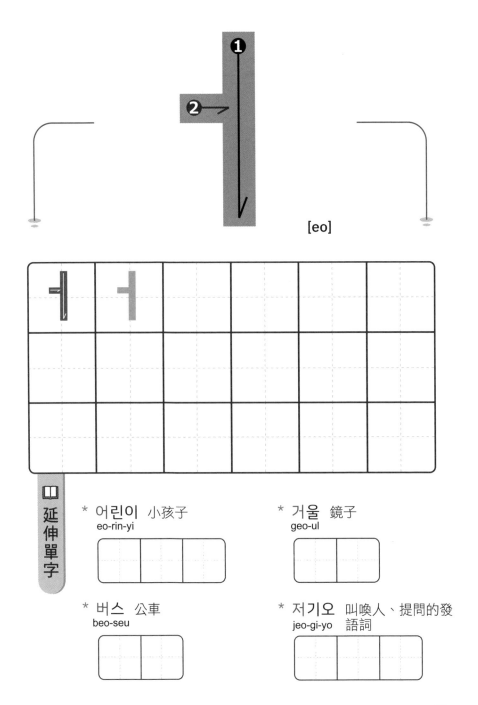

[eo]

延伸單字

* 어린이 小孩子
  eo-rin-yi

* 거울 鏡子
  geo-ul

* 버스 公車
  beo-seu

* 저기오 叫喚人、提問的發
  jeo-gi-yo 語詞

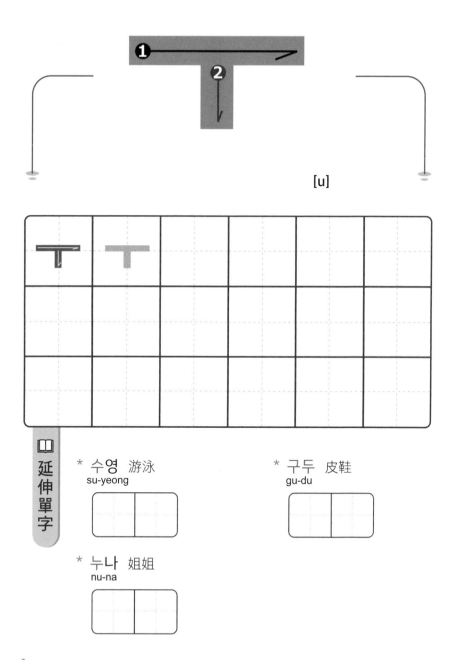

[u]

* 수영　游泳
su-yeong

* 구두　皮鞋
gu-du

* 누나　姐姐
nu-na

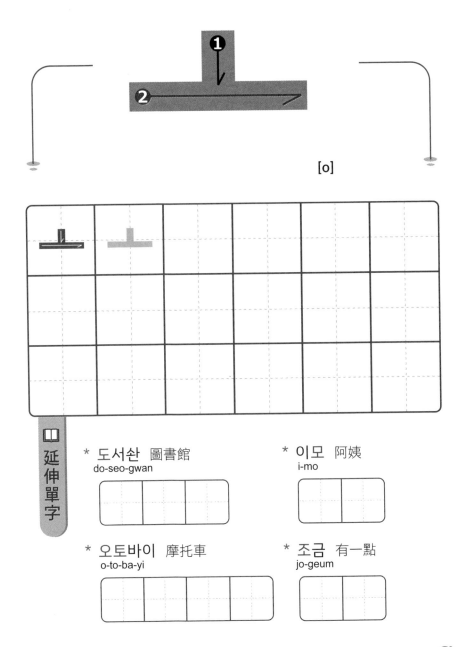

[o]

* 도서관 圖書館
do-seo-gwan

* 이모 阿姨
i-mo

* 오토바이 摩托車
o-to-ba-yi

* 조금 有一點
jo-geum

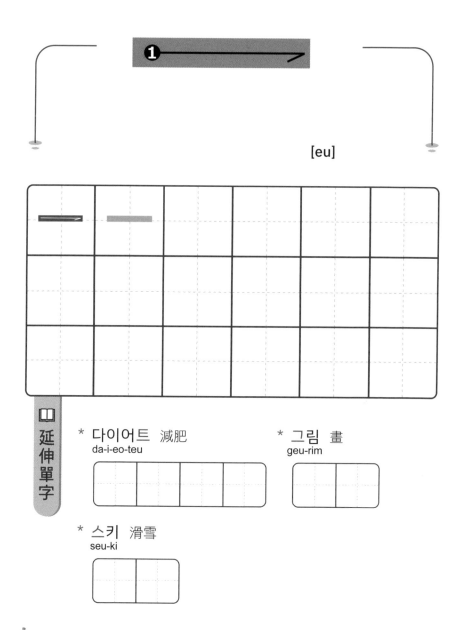

[eu]

延伸單字

* 다이어트 減肥
da-i-eo-teu

* 그림 畫
geu-rim

* 스키 滑雪
seu-ki

❶

[i]

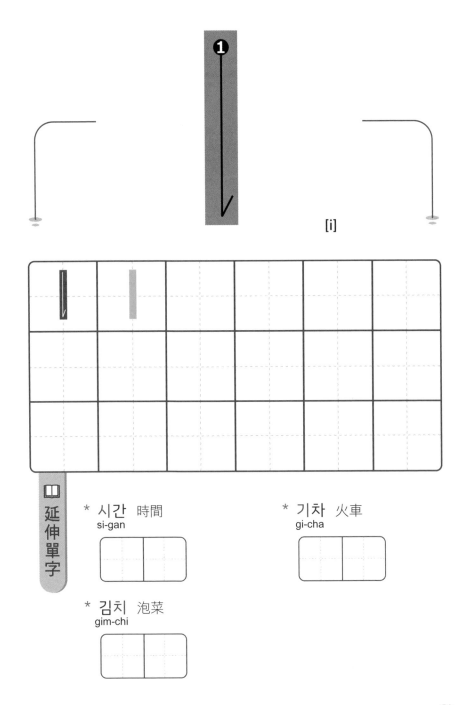

延伸單字

* 시간　時間
si-gan

* 기차　火車
gi-cha

* 김치　泡菜
gim-chi

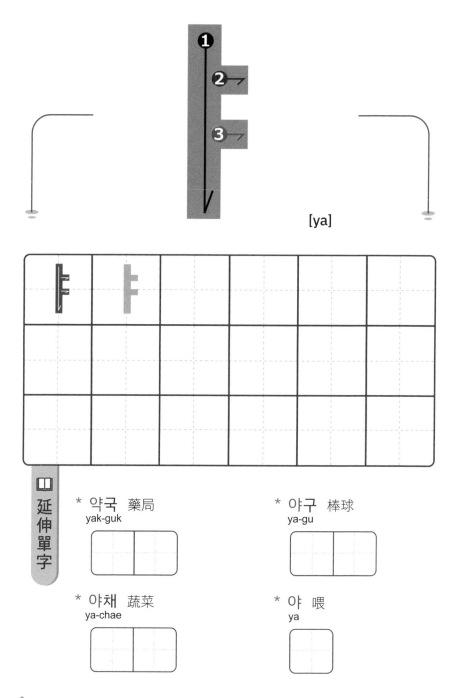

[ya]

延伸單字

* 약국 藥局
yak-guk

* 야구 棒球
ya-gu

* 야채 蔬菜
ya-chae

* 야 喂
ya

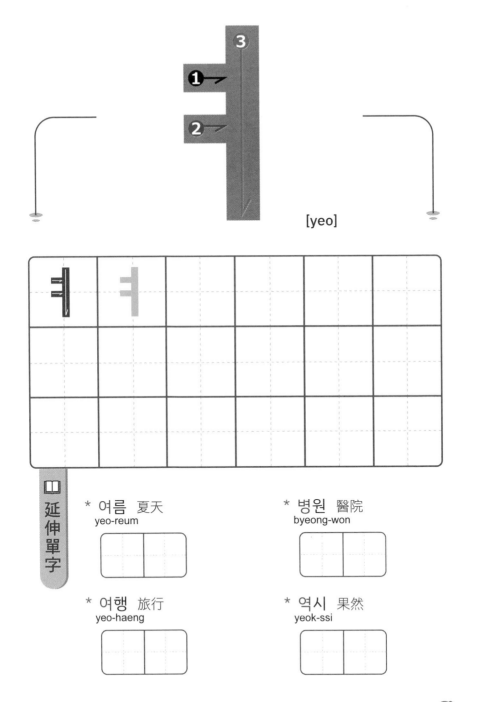

[yeo]

延伸單字

* 여름 夏天
  yeo-reum

* 병원 醫院
  byeong-won

* 여행 旅行
  yeo-haeng

* 역시 果然
  yeok-ssi

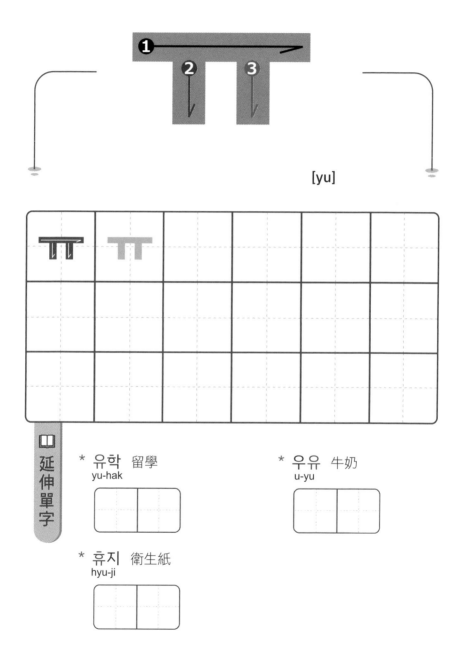

[yu]

ㅠ	ㅠ				

延伸單字

* 유학 留學
yu-hak

* 우유 牛奶
u-yu

* 휴지 衛生紙
hyu-ji

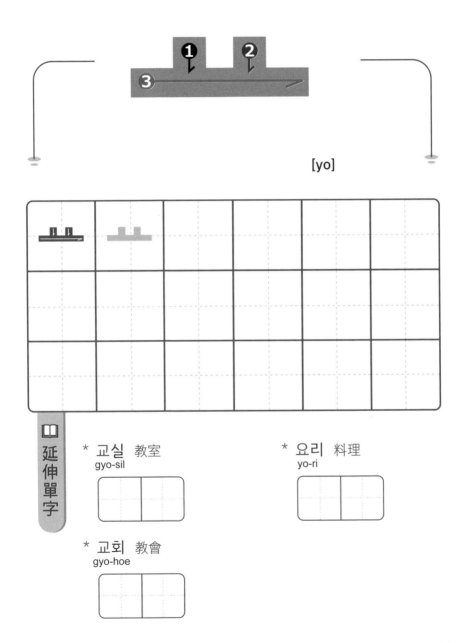

[yo]

延伸單字

* 교실 教室
  gyo-sil

* 요리 料理
  yo-ri

* 교회 教會
  gyo-hoe

基本子音表

ㅇ	ㅁ	ㄴ	ㄱ	ㄷ
當子音時 不發音	[m]	[n]	[g]	[d]
ㅂ	ㅅ	ㅈ	ㄹ	ㅎ
[b]	[s]	[j]	[r] / [l]	[h]

基本子音

― 書寫練習 ―

延伸單字
練習

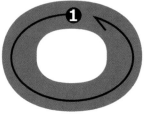

當子音時不發音

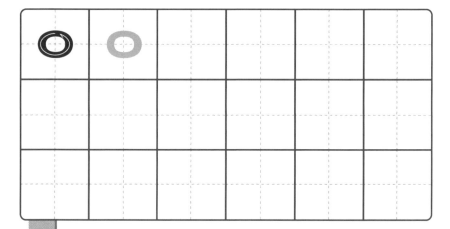

* 은행 銀行
eun-haeng

* 아빠 爸爸
a-bba

* 엄마 媽媽
eom-ma

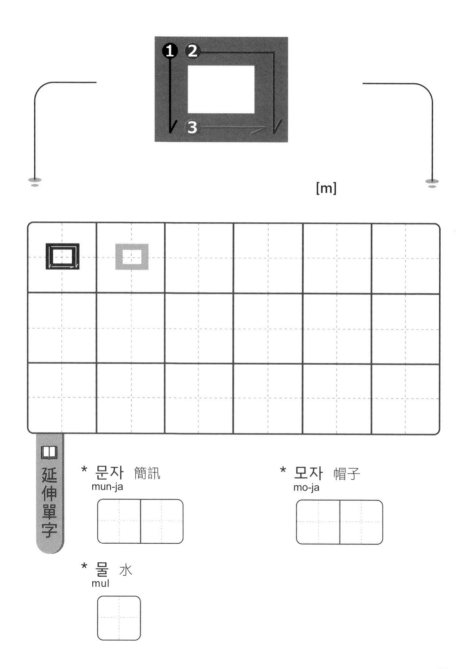

[m]

* 문자 簡訊
mun-ja

* 모자 帽子
mo-ja

* 물 水
mul

延伸單字

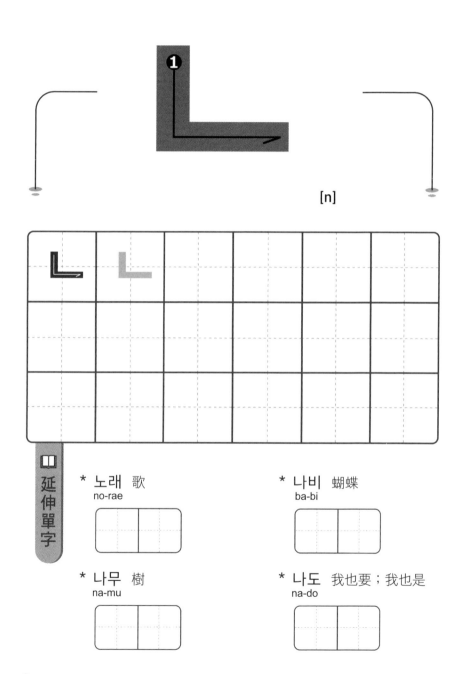

❶ ㄴ

[n]

ㄴ	ㄴ				

延伸單字

* 노래　歌
no-rae

* 나비　蝴蝶
ba-bi

* 나무　樹
na-mu

* 나도　我也要；我也是
na-do

❶

[g]

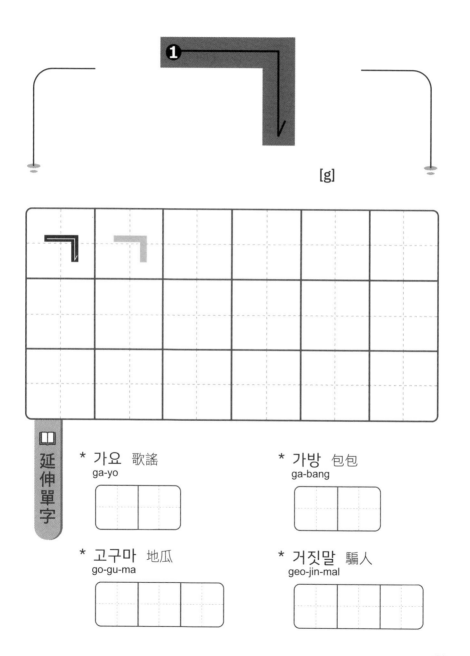

📖 延伸單字

* 가요　歌謠
  ga-yo

* 가방　包包
  ga-bang

* 고구마　地瓜
  go-gu-ma

* 거짓말　騙人
  geo-jin-mal

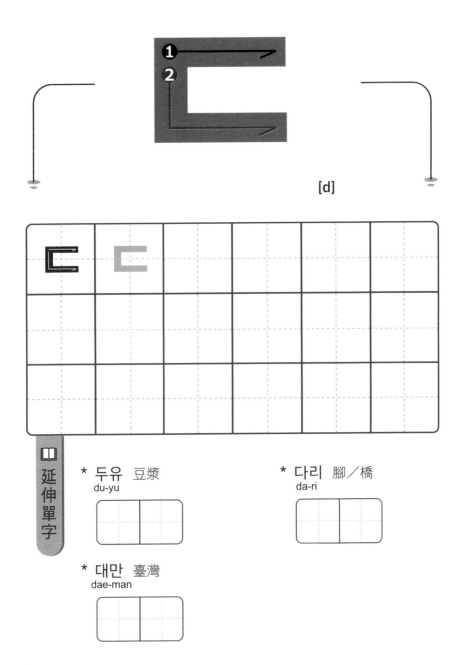

[d]

延伸單字

* 두유　豆漿
  du-yu

* 다리　腳／橋
  da-ri

* 대만　臺灣
  dae-man

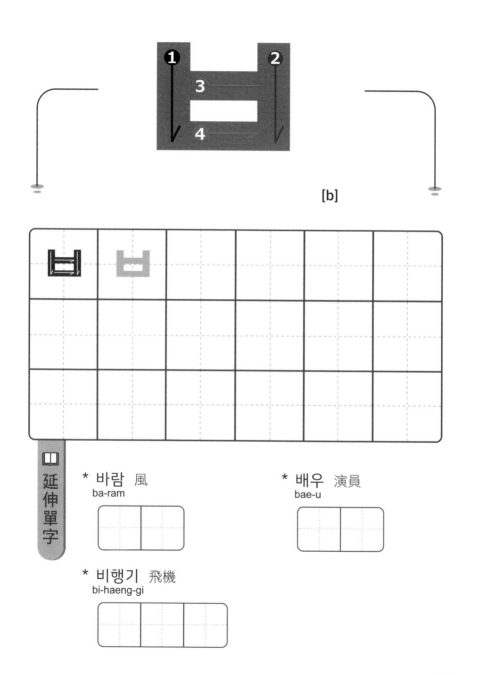

[b]

* 바람 風
ba-ram

* 배우 演員
bae-u

* 비행기 飛機
bi-haeng-gi

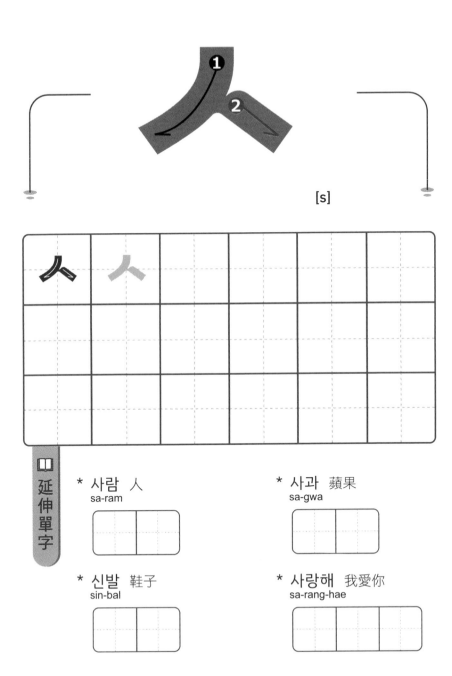

[s]

人　人

* 사람　人
sa-ram

* 사과　蘋果
sa-gwa

* 신발　鞋子
sin-bal

* 사랑해　我愛你
sa-rang-hae

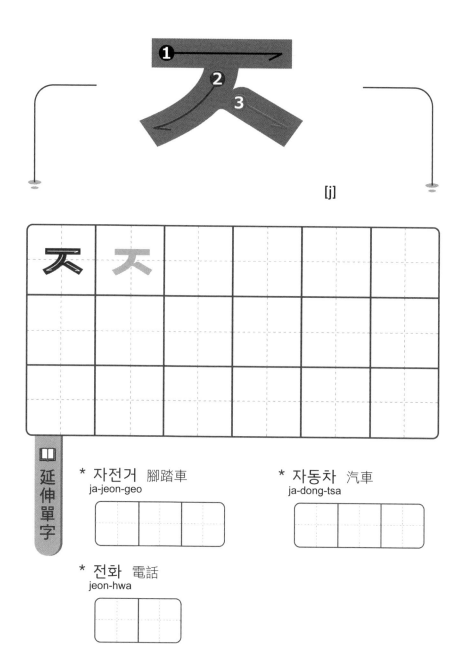

[j]

ㅈ　ㅈ

📖 延伸單字

* 자전거　腳踏車
ja-jeon-geo

* 자동차　汽車
ja-dong-tsa

* 전화　電話
jeon-hwa

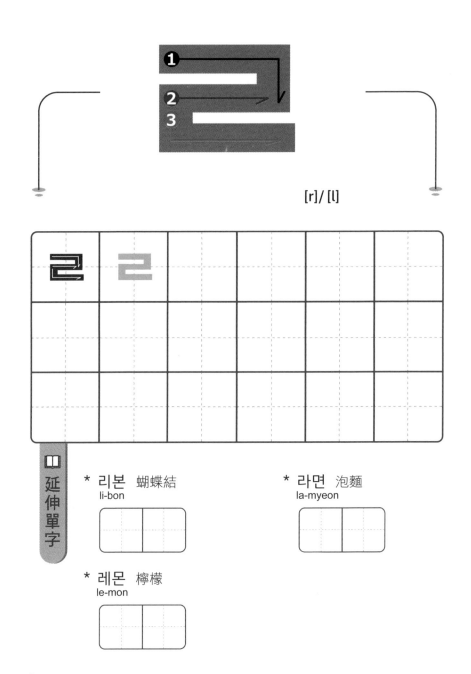

[r]/ [l]

延伸單字

* 리본 蝴蝶結
li-bon

* 라면 泡麵
la-myeon

* 레몬 檸檬
le-mon

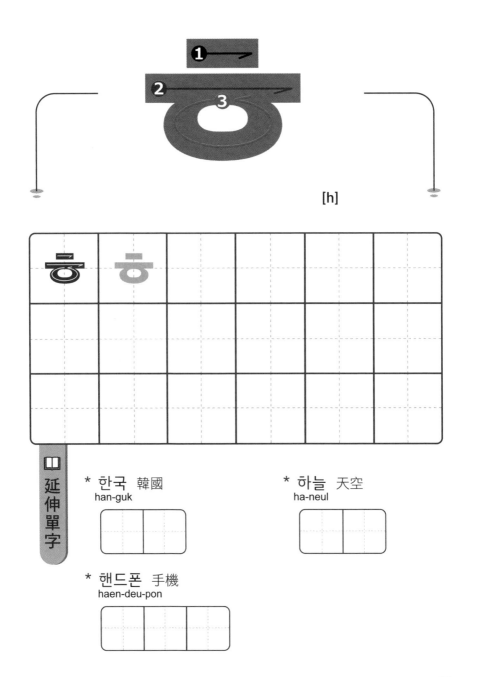

[h]

延伸單字

* 한국 韓國
han-guk

* 하늘 天空
ha-neul

* 핸드폰 手機
haen-deu-pon

清子音、雙子音表

ㅊ [ch]	ㅋ [k]	ㅌ [t]	ㅍ [p]	ㄲ [gg]
ㄸ [dd]	ㅃ [bb]	ㅆ [ss]	ㅉ [jj]	

清子音、雙子音

─ 書寫練習 ─

延伸單字
練習

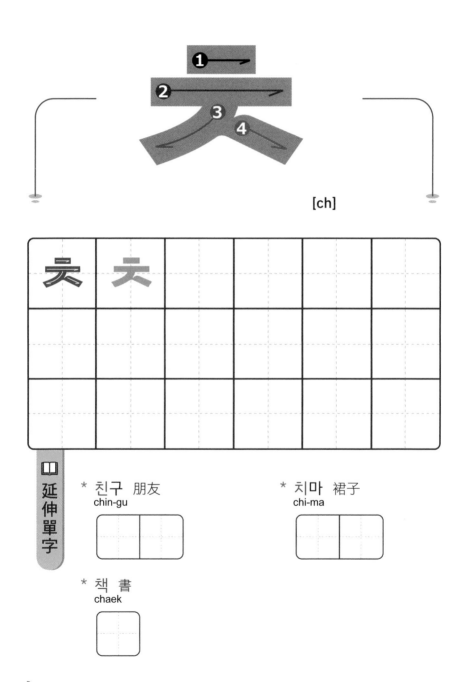

[ch]

延伸單字

* 친구　朋友
chin-gu

* 치마　裙子
chi-ma

* 책　書
chaek

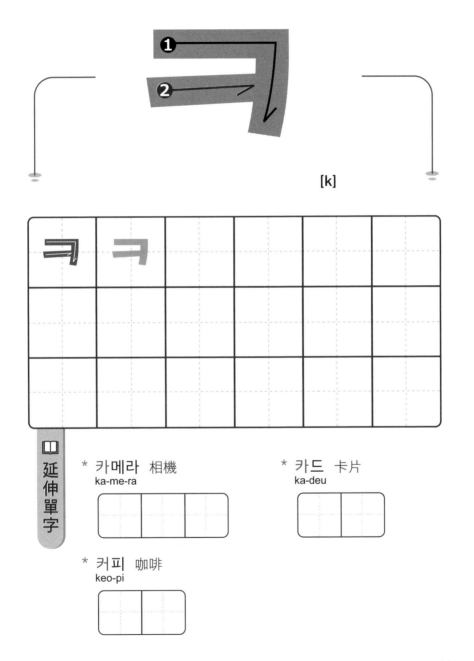

[k]

ㅋ ㅋ

📖 延伸單字

* 카메라 相機
ka-me-ra

* 카드 卡片
ka-deu

* 커피 咖啡
keo-pi

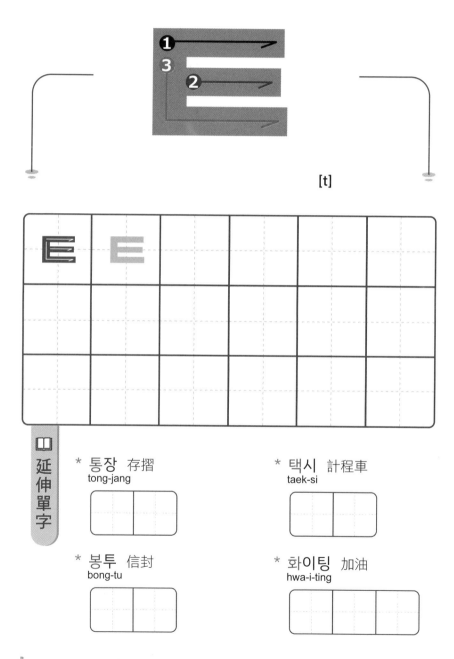

[t]

* 통장 存摺
tong-jang

* 택시 計程車
taek-si

* 봉투 信封
bong-tu

* 화이팅 加油
hwa-i-ting

46

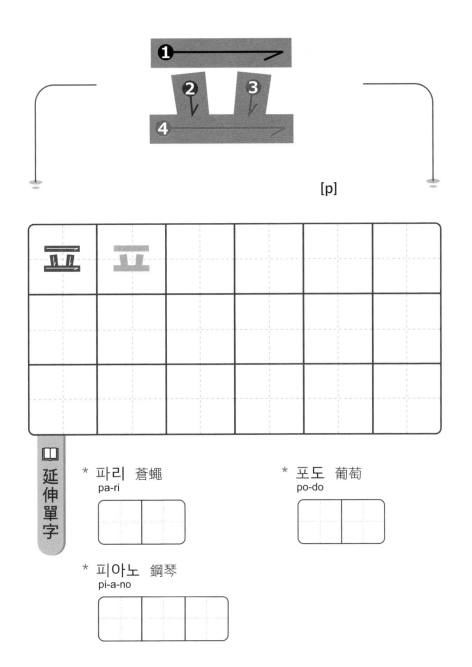

[p]

ㅍ	ㅍ				

📖 延伸單字

* 파리 蒼蠅
  pa-ri

* 포도 葡萄
  po-do

* 피아노 鋼琴
  pi-a-no

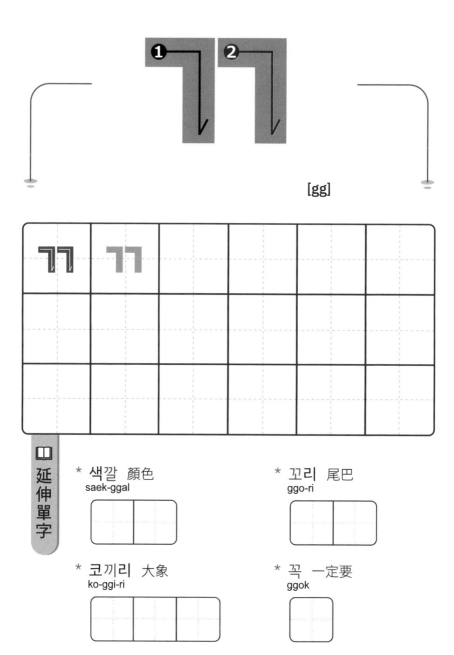

[gg]

ㄲ ㄲ

延伸單字

* 색깔 顏色
saek-ggal

* 꼬리 尾巴
ggo-ri

* 코끼리 大象
ko-ggi-ri

* 꼭 一定要
ggok

①② ③④

[dd]

ㄸ	ㄸ				

📖 延伸單字

* 떡 年糕
ddeok

* 딸기 草莓
ddal-gi

* 땅콩 花生
ddang-kong

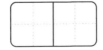

* 어떡해？ 怎麼辦
eo-ddeo-kae

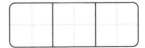

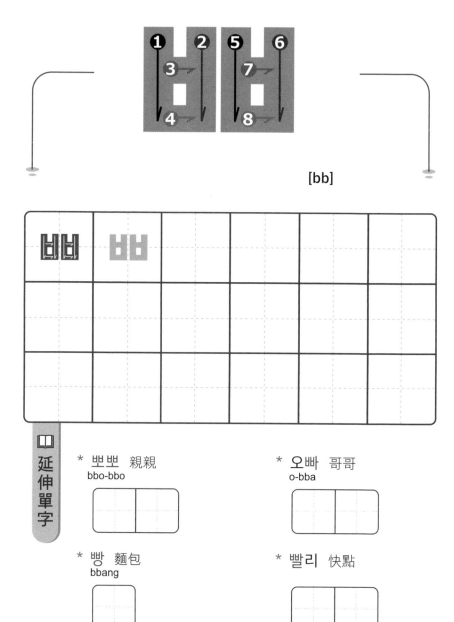

[bb]

ㅃㅃ ㅃㅃ

📖 延伸單字

* 뽀뽀 親親
  bbo-bbo

* 오빠 哥哥
  o-bba

* 빵 麵包
  bbang

* 빨리 快點

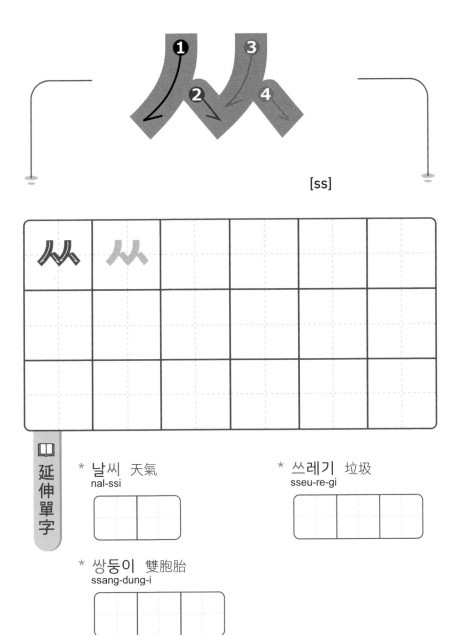

[ss]

延伸單字

* 날씨 天氣
nal-ssi

* 쓰레기 垃圾
sseu-re-gi

* 쌍둥이 雙胞胎
ssang-dung-i

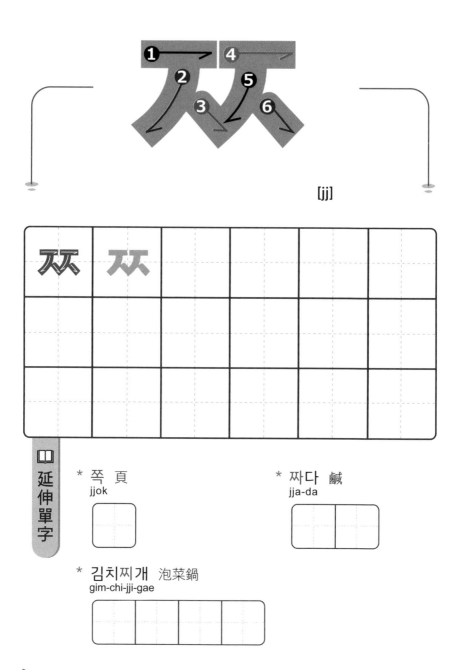

[jj]

* 쪽 頁
jjok

* 짜다 鹹
jja-da

* 김치찌개 泡菜鍋
gim-chi-jji-gae

複合母音表

ㅐ	ㅔ	ㅒ	ㅖ	ㅘ
[ae]	[e]	[yae]	[ye]	[wa]
ㅚ	ㅙ	ㅞ	ㅝ	ㅟ
[oe]	[wae]	[we]	[wo]	[wi]
ㅢ				
[ui]				

複合母音

― 書寫練習 ―

延伸單字
練習

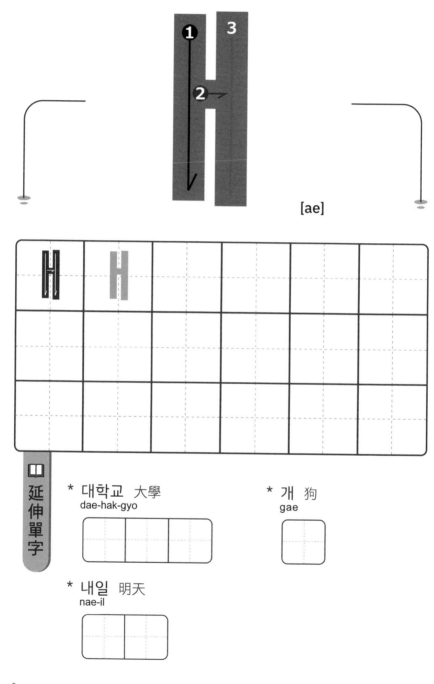

[ae]

* 대학교 大學
  dae-hak-gyo

* 개 狗
  gae

* 내일 明天
  nae-il

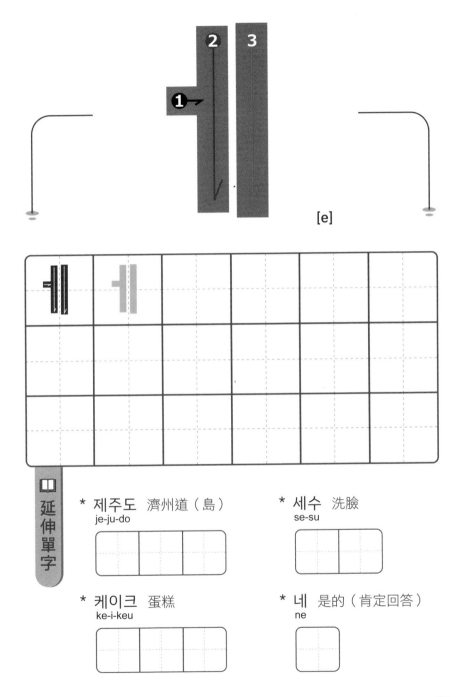

[e]

延伸單字

* 제주도 濟州道（島）
je-ju-do

* 세수 洗臉
se-su

* 케이크 蛋糕
ke-i-keu

* 네 是的（肯定回答）
ne

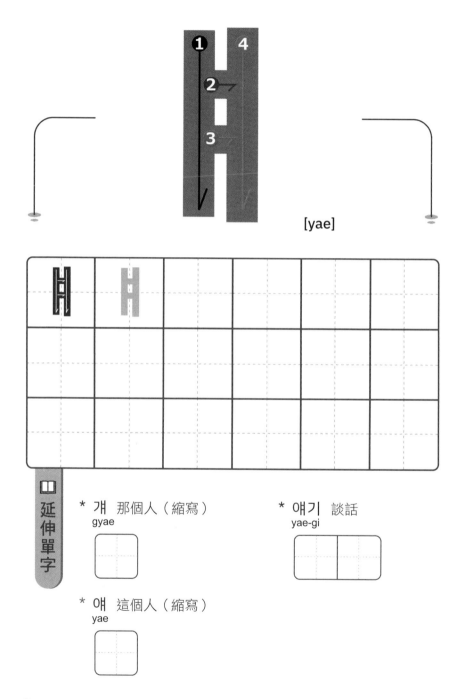

[yae]

延伸單字

* 걔 那個人（縮寫）
gyae

* 얘 這個人（縮寫）
yae

* 얘기 談話
yae-gi

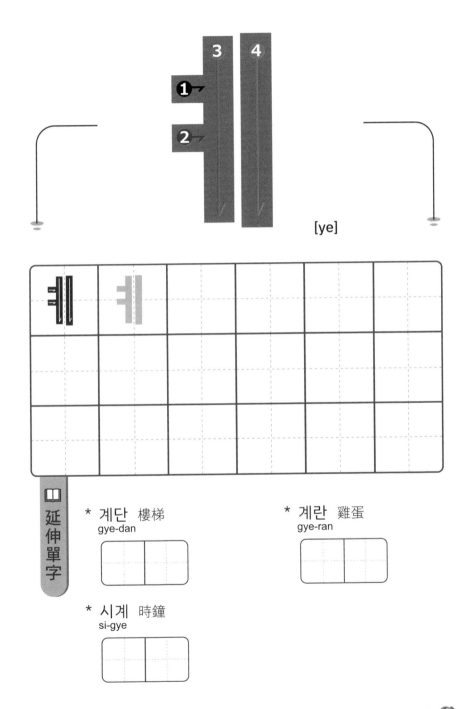

[ye]

* 계단　樓梯
gye-dan

* 계란　雞蛋
gye-ran

* 시계　時鐘
si-gye

延伸單字

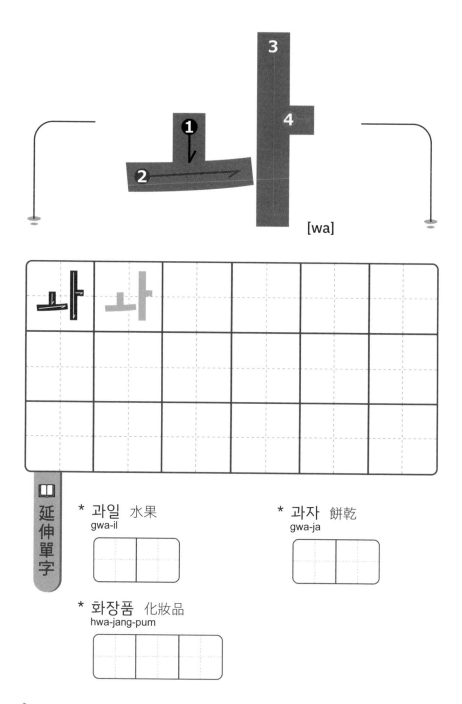

[wa]

* 과일　水果
gwa-il

* 과자　餅乾
gwa-ja

* 화장품　化妝品
hwa-jang-pum

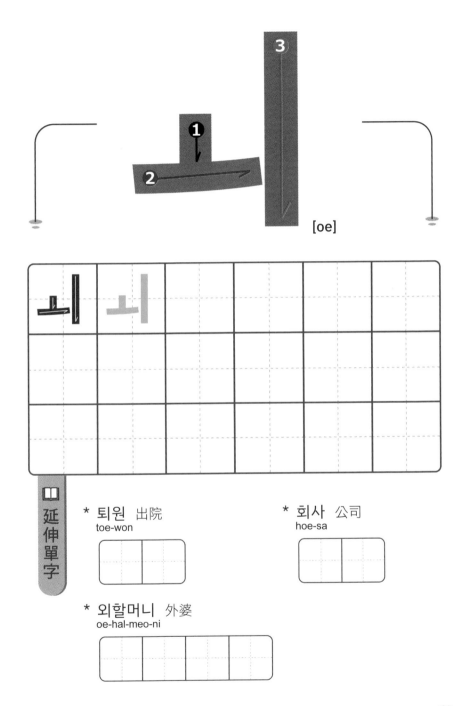

[oe]

* 퇴원 出院
toe-won

* 회사 公司
hoe-sa

* 외할머니 外婆
oe-hal-meo-ni

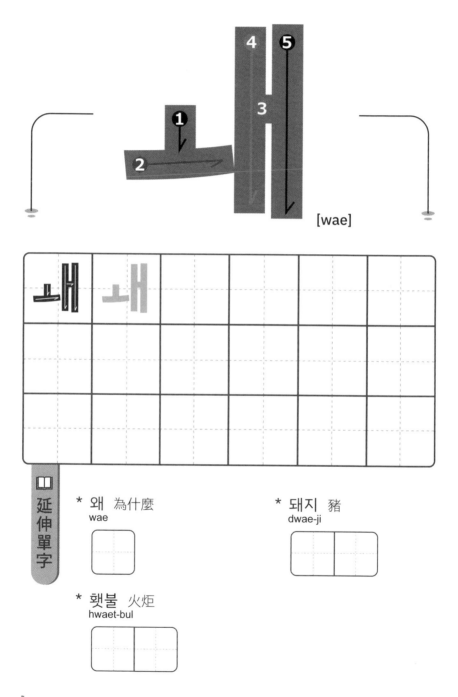

[wae]

ㅙ ㅙ

延伸單字

* 왜 為什麼
wae

* 돼지 豬
dwae-ji

* 횃불 火炬
hwaet-bul

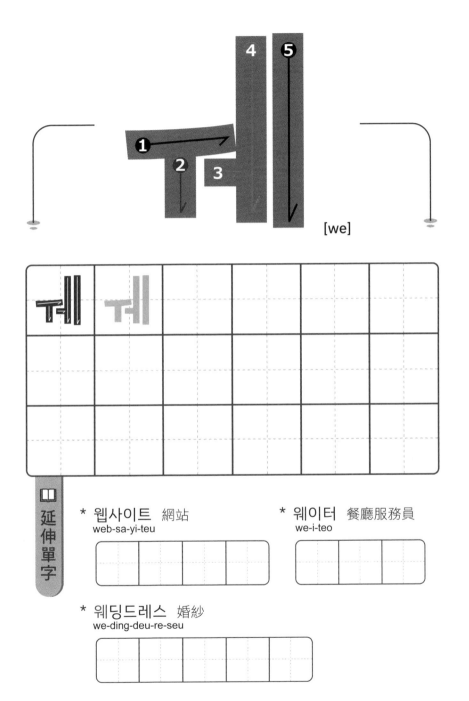

[we]

* 웹사이트　網站
web-sa-yi-teu

* 웨이터　餐廳服務員
we-i-teo

* 웨딩드레스　婚紗
we-ding-deu-re-seu

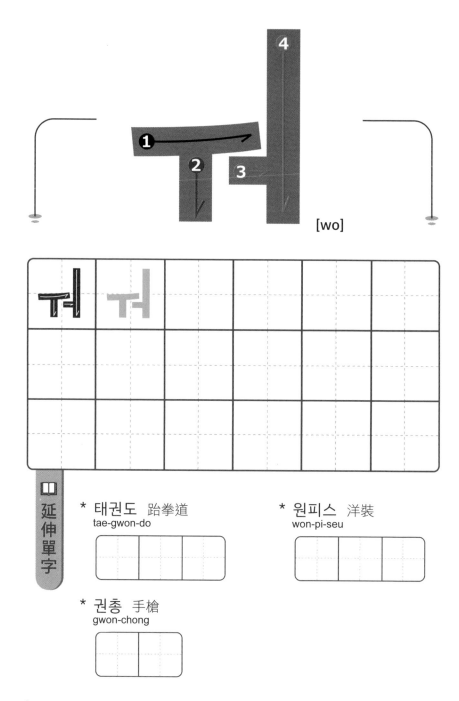

[wo]

延伸單字

* 태권도 跆拳道
tae-gwon-do

* 원피스 洋裝
won-pi-seu

* 권총 手槍
gwon-chong

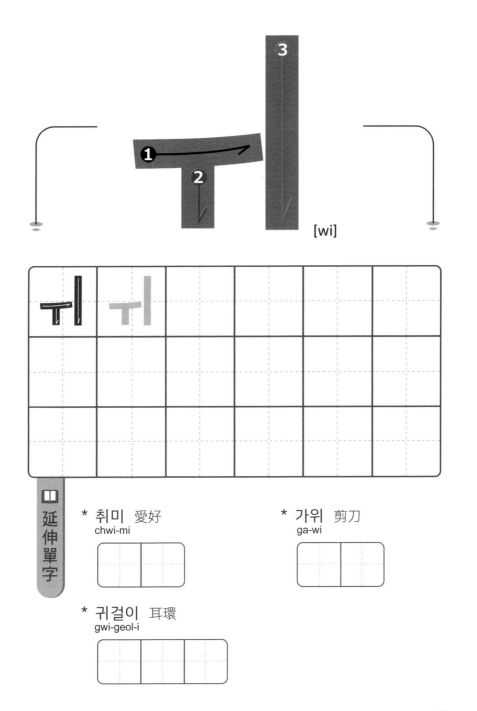

ㅟ [wi]

ㅟ	ㅟ				

📖 延伸單字

* 취미 愛好
chwi-mi

* 가위 剪刀
ga-wi

* 귀걸이 耳環
gwi-geol-i

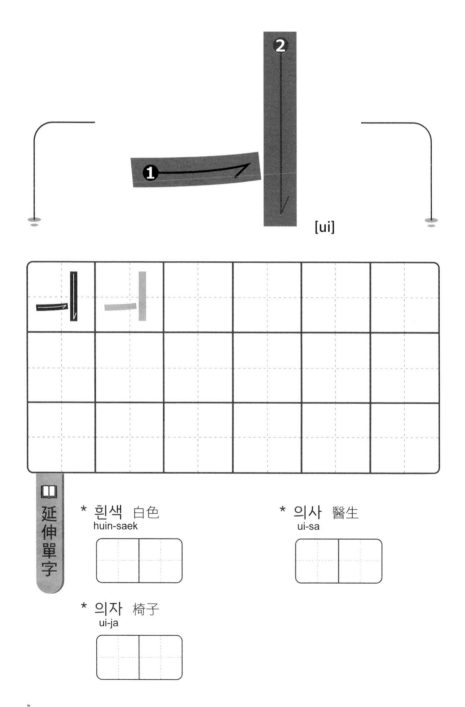

[ui]

延伸單字

* 흰색　白色
huin-saek

* 의사　醫生
ui-sa

* 의자　椅子
ui-ja

收尾音表

ㄱ	ㄴ	ㄷ	ㄹ	ㅁ
[k]	[n]	[t]	[l]	[m]
ㅂ	ㅇ			
[b]	[ng]			

收尾音

— 書寫練習 —

延伸單字
練習

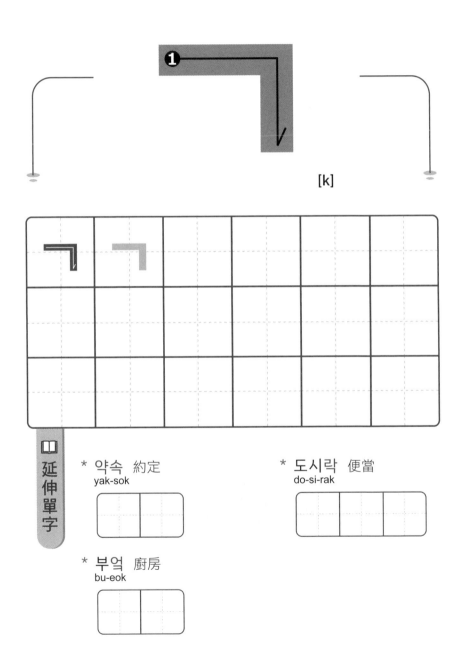

❶

[k]

ㄱ ㄱ

📖 延伸單字

* 약속　約定
yak-sok

* 도시락　便當
do-si-rak

* 부엌　廚房
bu-eok

❶

[n]

ㄴ	ㄴ				

📖 延伸單字

* 신문 報紙
sin-mun

* 우산 雨傘
u-san

* 당근 紅蘿蔔
dang-geun

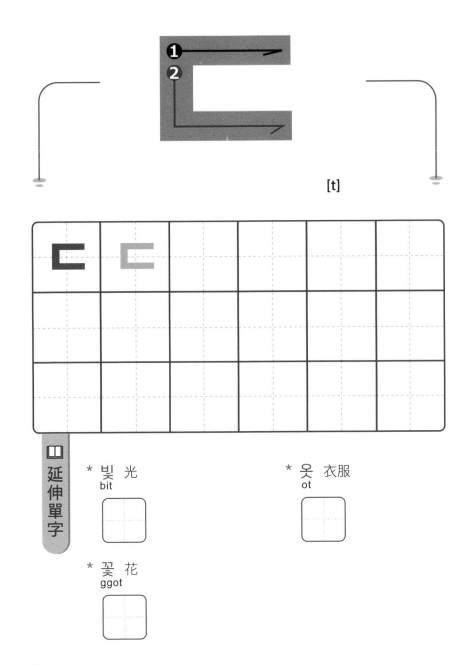

[t]

延伸單字

* 빛 光
bit

* 옷 衣服
ot

* 꽃 花
ggot

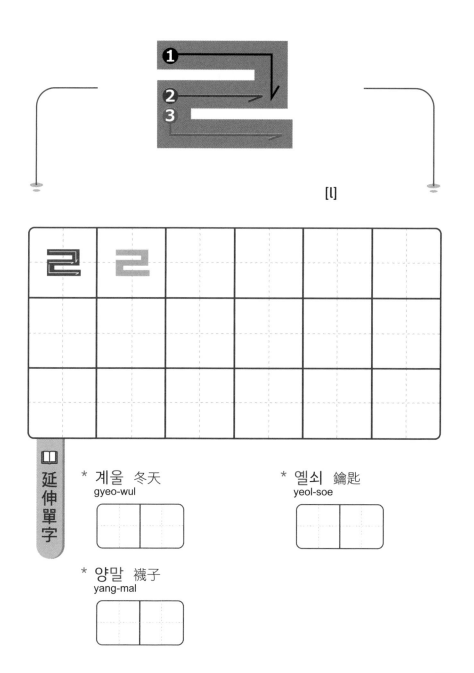

[l]

ㄹ

延伸單字

* 계울 冬天
gyeo-wul

* 열쇠 鑰匙
yeol-soe

* 양말 襪子
yang-mal

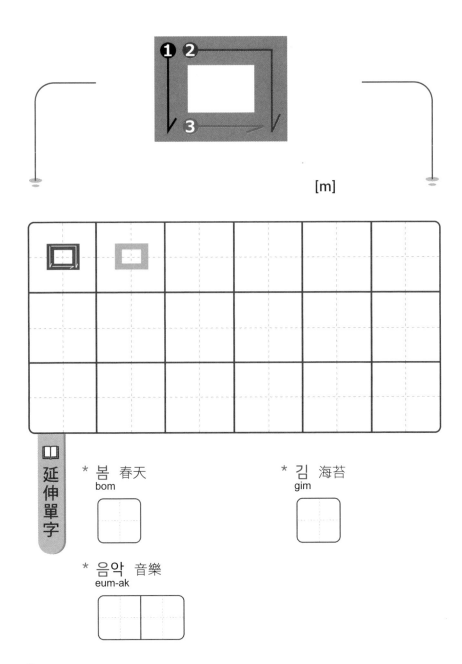

[m]

延伸單字

* 봄 春天
bom

* 김 海苔
gim

* 음악 音樂
eum-ak

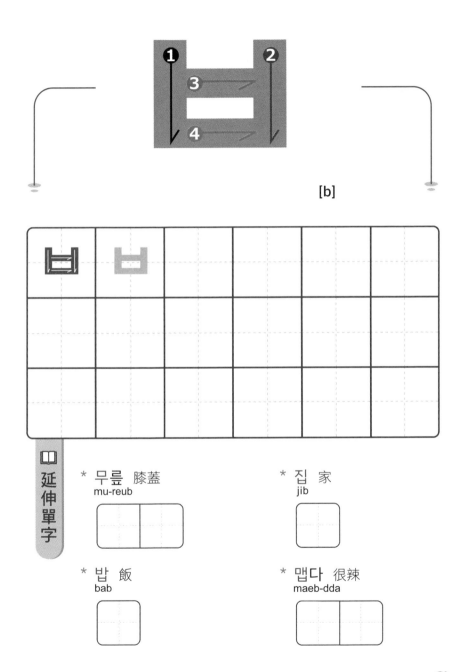

[b]

* 무릎 膝蓋
mu-reub

* 집 家
jib

* 밥 飯
bab

* 맵다 很辣
maeb-dda

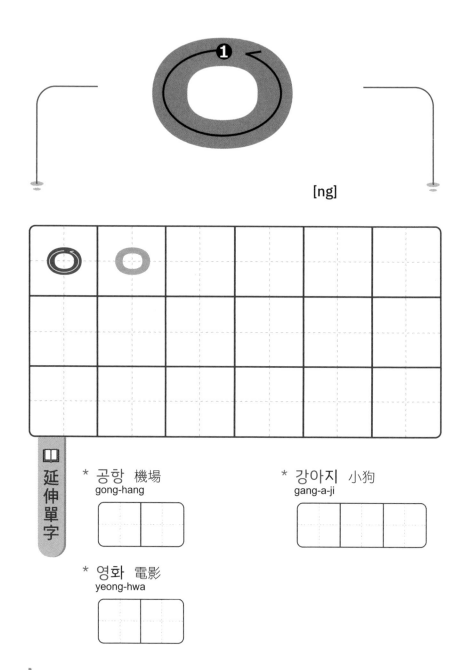

[ng]

📖 延伸單字

* 공항 機場
  gong-hang

* 강아지 小狗
  gang-a-ji

* 영화 電影
  yeong-hwa

76

40 音字母出現位置書寫練習

↱「ㅏ」在韓文字中出現的位置練習

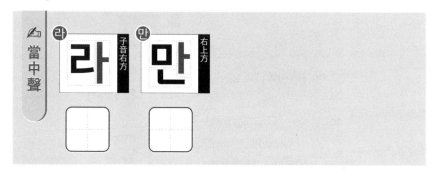

↱「ㅓ」在韓文字中出現的位置練習

↱「ㅜ」在韓文字中出現的位置練習

⌐「ㅗ」在韓文字中出現的位置練習

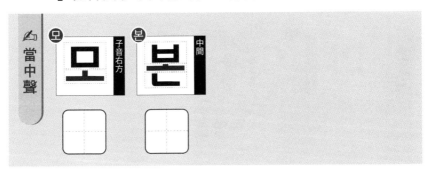

⌐「一」在韓文字中出現的位置練習

⌐「ㅣ」在韓文字中出現的位置練習

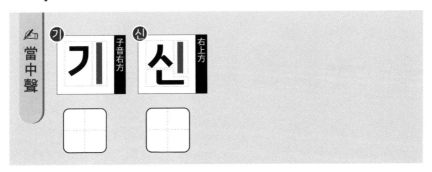

⇨「ㅑ」在韓文字中出現的位置練習

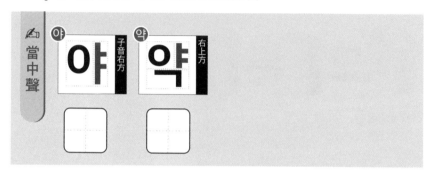

⇨「ㅕ」在韓文字中出現的位置練習

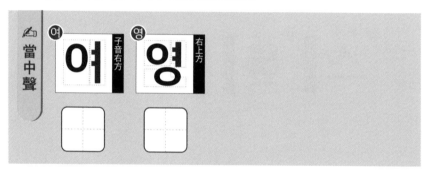

⇨「ㅠ」在韓文字中出現的位置練習

↱「ㅛ」在韓文字中出現的位置練習

↱「ㅇ」在韓文字中出現的位置練習

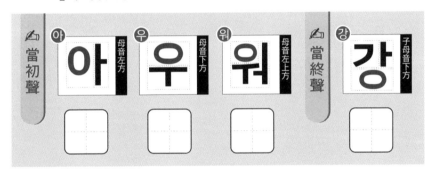

↱「ㅁ」在韓文字中出現的位置練習

☞「ㄴ」在韓文字中出現的位置練習

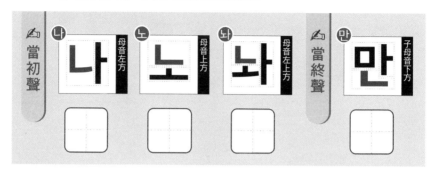

☞「ㄱ」在韓文字中出現的位置練習

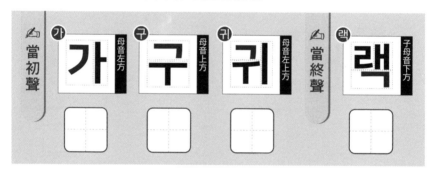

☞「ㄷ」在韓文字中出現的位置練習

☞「ㅂ」在韓文字中出現的位置練習

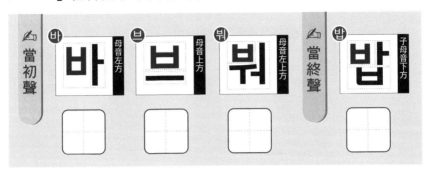

☞「ㅅ」在韓文字中出現的位置練習

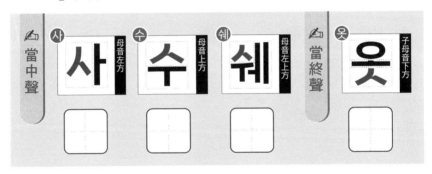

☞「ㅈ」在韓文字中出現的位置練習

☞「ㄹ」在韓文字中出現的位置練習

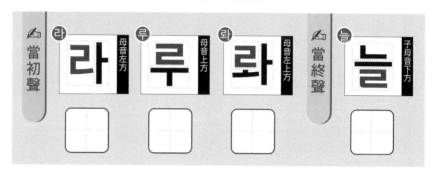

☞「ㅎ」在韓文字中出現的位置練習

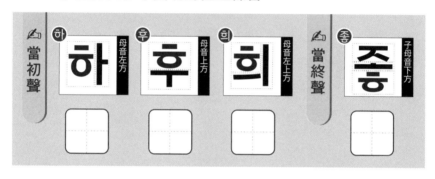

☞「ㅊ」在韓文字中出現的位置練習

「ㅋ」在韓文字中出現的位置練習

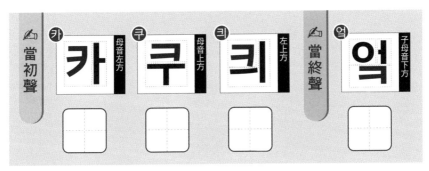

「ㅌ」在韓文字中出現的位置練習

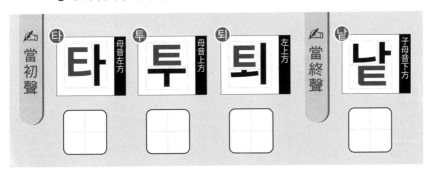

「ㅍ」在韓文字中出現的位置練習

「ㄲ」在韓文字中出現的位置練習

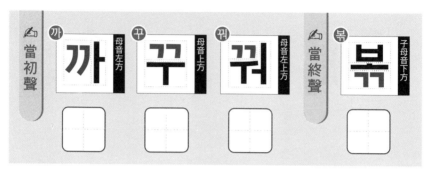

「ㄸ」在韓文字中出現的位置練習

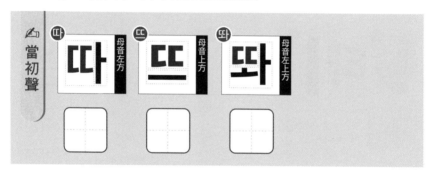

「ㅃ」在韓文字中出現的位置練習

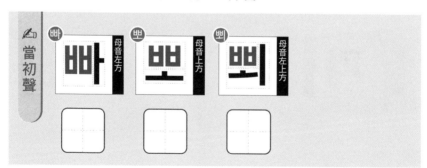

「ㅆ」在韓文字中出現的位置練習

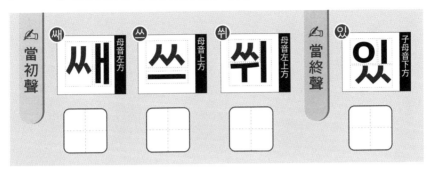

「ㅉ」在韓文字中出現的位置練習

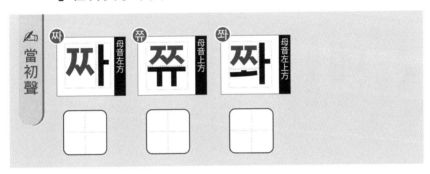

「ㅐ」在韓文字中出現的位置練習

☞「ㅔ」在韓文字中出現的位置練習

☞「ㅐ」在韓文字中出現的位置練習

☞「ㅖ」在韓文字中出現的位置練習

⌐「ㅘ」在韓文字中出現的位置練習

⌐「ㅚ」在韓文字中出現的位置練習

⌐「ㅙ」在韓文字中出現的位置練習

☞「ㅞ」在韓文字中出現的位置練習

☞「ㅝ」在韓文字中出現的位置練習

☞「ㅟ」在韓文字中出現的位置練習

☞「ㅢ」在韓文字中出現的位置練習

☞「ㄱ」在韓文字中出現的位置練習

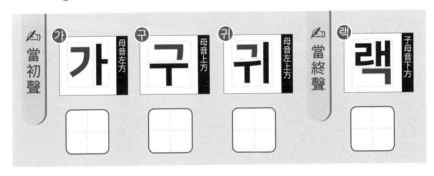

☞「ㄴ」在韓文字中出現的位置練習

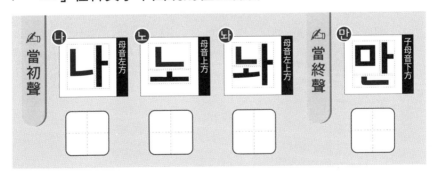

⌕「ㄷ」在韓文字中出現的位置練習

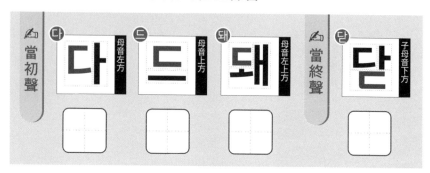

⌕「ㄹ」在韓文字中出現的位置練習

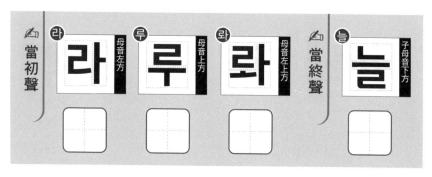

⌕「ㅁ」在韓文字中出現的位置練習

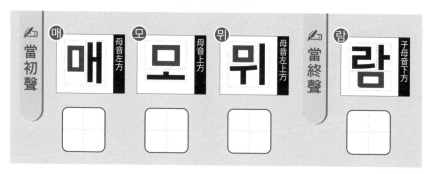

「ㅂ」在韓文字中出現的位置練習

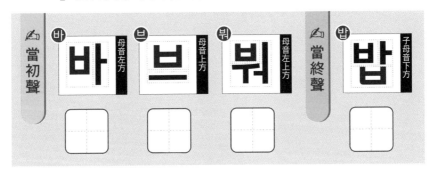

「ㅇ」在韓文字中出現的位置練習

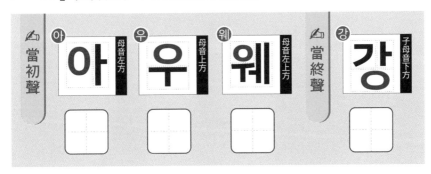

語研力 *K006*

大家來寫韓語40音習字帖

編　　　者	金敏勳
顧　　　問	曾文旭
出版總監	陳逸祺、耿文國
主　　　編	陳蕙芳
執行編輯	翁芯珂
美術編輯	李依靜
法律顧問	北辰著作權事務所

印　　　製	世和印製企業有限公司
初　　　版	2024 年 04 月
出　　　版	凱信企業集團 - 凱信企業管理顧問有限公司
電　　　話	（02）2773-6566
傳　　　真	（02）2778-1033
地　　　址	106 台北市大安區忠孝東路四段 218 之 4 號 12 樓
信　　　箱	kaihsinbooks@gmail.com

定　　　價	新台幣 160 元 / 港幣 53 元
產品內容	1 書

總 經 銷	采舍國際有限公司
地　　　址	235 新北市中和區中山路二段 366 巷 10 號 3 樓
電　　　話	（02）8245-8786
傳　　　真	（02）8245-8718

國家圖書館出版品預行編目資料

大家來寫韓語40音習字帖 / 金敏勳編著. -- 初版. --
臺北市：凱信企業集團凱信企業管理顧問有限公
司, 2024.04
　　面；　公分
ISBN 978-626-7354-41-4(平裝)

1.CST: 韓語 2.CST: 發音

803.24　　　　　　　　　　　113002693

凱信企管

用對的方法充實自己，
讓人生變得更美好！

凱信企管

用對的方法充實自己，
讓人生變得更美好！